दुनिया लौट आएगी

(कविता-संग्रह)

दुनिया लौट आएगी

(कविता-संग्रह)

शिव कुशवाहा

प्रलेक प्रकाशन प्राइवेट लिमिटेड

*in association with JVP Publication Pvt. Ltd.

ISBN : 978-81-946954-6-2

पहला पेपरबैक संस्करण : 2021

प्रकाशक :

प्रलेक प्रकाशन प्राइवेट लिमिटेड

PRALEK PRAKASHAN PVT. LTD.

वितरक :

जेवीपी पब्लिकेशन प्राइवेट लिमिटेड

JVP PUBLICATION PVT. LTD.

602, आई-3, ग्लोबल सिटी

विरार (वेस्ट), मुम्बई, महाराष्ट्र-401303

दूरभाष : 9833402902 / 7021263557

Email : pralek.prakashan@gmail.com

Website : www.pralekprakashan.com

दुनिया लौट आएगी : शिव कुशवाहा

Duniya Laut Aayegi : *Poetry* by Shiv Kushwaha

आवरण : कुँवर रवींद्र

पुस्तक सज्जा : जेवीपी पब्लिकेशन प्रा.लि.

गहन अनुभूतियों और सामयिक संवेदना का काव्य 'दुनिया लौट आएगी'

शिव कुशवाहा इक्कीसवीं सदी के दूसरे दशक की समकालीन कविता से लगभग पहचाने जा चुके हैं। कहना न होगा कि कथित दलित विमर्श से लेखन की शुरुआत कर वे मुख्यधारा की हिंदी कविता में आए और अपनी पहचान के लिए मुखर होते गए। इस बीच उन्होंने ज़रूरी ऊर्जा से ख़ुद को न सिर्फ़ मांजा; परिष्कृत भी किया।

साहित्य का धर्म, जाति, भाषा, क्षेत्र के आधार पर विभाजन किन्हीं मायनों में अविश्वास पैदा करता है। यह विवाद पैदा करने वाला होता है। किन्तु पिछली सदी की हिंदी कविता ने अपने काव्य प्रवृत्तियों के बल इस तरह के वाद विवाद तथा संवाद का भरपूर गुंजाइश और जो प्लेटफार्म अपने अंदाज़ ए गुफ़्तगू में दिया है; वह आज भी कायम है तथा पूरे अपने नए यथार्थबोध में है।

बावजूद मेरा मानना है कि आज की समकालीन हिंदी कविता के परस्पर जो कविता दलित-विमर्श, आदिवासी-विमर्श, स्त्री-विमर्श के रूप में आए हैं, या कि कश्मीर अथवा पूर्वोत्तर के राज्यों से आए, वस्तुतः वे भी मुख्यधारा की ही कविताएँ हैं। भले ही साहित्य के अलग-अलग मठ उसे किसी भी रूप में नामित करते रहें। संशय नहीं होने चाहिए।

अतः मैं कहना चाहूँगा कि यह अलग से कोई वाद नहीं है, बल्कि केवल एक काव्य-प्रवृत्ति है।

ऐसे विवाद वस्तुतः जनरेटेड विवाद हैं। हमें यह समझना होगा कि इसके पीछे वैश्विक पूँजी व बाज़ार व्यवस्था की गहरी चाल कुंडली मारे बैठा है। जो आज के मुख्यधारा की हिंदी कविता की प्रखरता से चिंतित है और सुनियोजित ढंग से अब ऐसे विवादों को जन्म दे, अपना हित साधने में लगा हुआ है (जिसमें वे मठ भी शामिल हैं) ताकि साहित्य की प्रखरता टूकड़ों में विभाजित हो, अपनी धार खो दे और वे अपनी मंशा में कामयाब हो सकें।

ऐसा ही इन दिनों हिंदी में एक बड़ा नैरेटिव वर्ग भी दिखाई दे रहा है जो व्यवस्था विरोध या कि वैचारिक आग्रह की कविताओं, कवियों पर लाठी भांजते मुख्यधारा

की कविता को प्रत्यक्ष-अप्रत्यक्ष रूप से हानि पहुँचाने के उपक्रम में बढ़ आए हैं। परन्तु मेरे लिए यह बेहद सुखद बात है कि शिव कुशवाहा उन तमाम छद्म को दरकिनार कर मुख्यधारा की राह को चुन क्रियाशील हैं।

शिव कुशवाहा की कविताएँ वस्तुतः मनुष्यता के आग्रह में, उसके दुख, पीड़ा, संताप, विडंबना बोध से उपजने वाली कविताएँ हैं। यहाँ उनकी प्रस्तुत कविता 'बेरंग हो चुकी धरती पर' हमारे समय के मानवीय मूल्यों में आ रही गिरावट को जज़्ब करती तरल संवेदना से उपजी एक बेहद मार्मिक कविता है। जो अभिधा के परस्पर व्यंजना में है। उनकी इस कविता में आई व्यंजना की माने तो वाकई—

कविता भी असमर्थ हो गयी है
चंद शब्दों की व्यथा-कथा कहने में

अद्‌भुत और पारदर्शी व्यंजना है। पतनोन्मुखी समाज में बड़े बुज़ुर्गों की हैसियत, उनकी उपयोगिता या कि अर्थवत्ता में क्षरण को 'शब्द' नहीं गढ़ पा रहा, भोथरा हुआ जा रहा है उसके प्रतिघात से; 'जबकि शब्द ही मारक है'। कुछ भी नहीं छूटता उसकी मार से, कुछ भी नहीं बचता! यह नमूनादार प्रस्तुति है कि—

क़दम दर क़दम जब साथ चलना ज़रूरी होता है
तब संताने छोड़ देती है उनका हाथ

इसलिए ही शिव कुशवाहा सीधे अभिधा में कविता को व्यक्त करते हैं। शिव कुशवाहा की कविताओं में अभिधा का आना परिवेश व परिस्थितियों से उत्पन्न हुई व्यग्रता के कारण हैं। जो उस व्यग्रता में, अधिक तकनीक को गैर वाजिब मानता है—

ठूठ हो चुके संबंधों में
अब पानी की कमी ज़ाहिर हो चुकी है

चूँकि शिव कुशवाहा पूर्व में यह कह चुके हैं—

कविता भी असमर्थ हो गई है
चंद शब्दों की व्यथा-कथा कहने में

तो बेहद ज़रूरी है यह बताना कि उन्होंने उसे व्यंजना में कहा। एक शब्दकार भला शब्द से विश्वासघात कैसे करे? वह फिर-फिर शब्दों में आता है, लौटता है शब्दों में, शब्दों से गढ़ता अपने अरूप समय का प्रतिसंसार। जिसे वह चीन्हता हैं शब्दों में, दर्ज करता हैं शब्दों में।

बिखर रही उम्मीद की
आख़िरी किरण सहेजते हुए

ख़त्म होती दुनिया के आख़िरी पायदान पर
केवल बचे रहेंगे शब्द,
और बची रहेगी कविता की ऊष्मा।

शिव कुशवाहा के यहाँ तृष्णा है, विरक्ति नहीं है। भविष्योन्मुखी आज है, आरंभ है। पतनोन्मुखी समापन के अंदेशे के मध्य खात्मा के विरुद्ध सतत क्रियाशीलता का गतिज संसार है। जो ख़त्म होने से पहले नवसृजन के प्रति आश्वस्ति से भरा, हरा है।

दिन के ढल जाने पर भी
मनुष्य चलना नहीं छोड़ता
चिड़िया उड़ना नहीं छोड़ती
नदियाँ बहना नहीं छोड़ती
उसी तरह सूरज भी नहीं बदलता अपना रास्ता
ख़त्म होती शामों के साथ
पक्षी लौटते हैं बिखरे हुए अपने घोंसलों में

तमाम-तमाम परिस्थितियों के बाद भी ऐसे लौटना, और लौटने की जिजिविषा से भरे रहना अभूतपूर्व साहस से संभव है। यह लौटना, लौटने की खौफ़नाक क्रियाओं के बाद का है।

कोरोना के भय और इस महाविपद समय को लेकर हिंदी कविता में सभी कवियों ने कविताएँ लिखी, ढेरों कविताएँ आईं। उनमें विरेन्दर भाटिया, हरिओम राजोरिया, मीतादास, विनय कुमार, अदनान कफील दरवेश, पंकज चतुर्वेदी, वासुकि प्रसाद, आत्मारंजन, राज्यवर्धन, गणेश पाण्डेय आदि शामिल हैं; के बरक्स शिव कुशवाहा की कविताएँ भी मौजूद हैं।

वैश्विक महामारी कोरोना ने किसी भी धर्म संप्रदाय को लक्षित नहीं किया। पर तथाकथित धर्म के पहरूओं ने एक संप्रदाय विशेष को इस संक्रमण काल में भी लांक्षित करना नहीं छोड़ा। उनके थूक से लेकर थाली, कटोरी, चम्मच तक को जूठा किए जाने का प्रचार ऐसा किया मानों कोरोना को उन्होंने ही पैदा किया। षड्यंत्रकारी वहीं थे। वही थे समाज के असली दुश्मन। परन्तु थाली, घंटा, घड़ियाल कि बेहुदे आतिशबाज़ी या कि पुष्प वर्षा के सनकी प्रोपेगंडा के बाद देशभर में इस बीमारी के मरीज पाँच लाख के पार हो चुके हैं। ऐसे में शिव कुशवाहा की कविताई अपने आशय और धैर्य से जो स्थापना रचना चाह रहा है वह मुमकिन है और ज़रूरी भी।

वे नहीं चीन्ह पाते
इंसानियत का उजला रास्ता

भेड़ों की पंक्ति की मानिंद
चले जा रहे एकदम सीधे
रास्ते के अगल-बगल
नहीं देख पाते गहरी खाईयाँ
वे नहीं मानते इंसानियत
उनके लिए धर्म है सबसे ज़रूरी

शिव कुशवाहा की यह कविता वस्तुत: किसी धर्म विशेष की आलोचना नहीं है। बल्कि उसके अफीम की आलोचना है और जो मोटे तौर पर सभी धर्मों में व्यापित है। इसीलिए वे कहते हैं—

समझाना होगा उन्हें
कि उनकी पीढियाँ बढ़ रही हैं
आगे...बहुत आगे
इस संक्रमण के मुहाने पर
धर्म की व्याख्याएँ हो रही हैं असंगत
अब पहचान लिया गया है
धर्म से पहले इंसान का होना ज़रूरी है

विकास की प्रक्रिया में, कि उसके जद में, आने वाले तमाम चीज़ों का विस्थापन तय है। यद्यपि विकास हमें नयापन के अहसास से भरता है और सुखद भी लगता है, परन्तु उसके एवज में कोई कुछ हमें खोना होता है। जो आदमी को, उसकी संवेदना व जुड़ाव को झकझोर देता है। भीतरी दबाव के साथ निराशा पैदा करता है। चीज़ों के गुम के बरक्स नया का अधिक प्रभावी होना हमारे स्वभाव के ललचाने से है। यानी यह सब मानव सुविधा के भोग वृत्ति से अधिक पैदा हुआ। यह प्रकृति सम्मत न होकर, प्रकृति के नियमों विपरीत हैं। अत: प्रकृति की स्वभाविकता का प्रेमी, उस गत्यात्मकता से दुखी होता है। मनुष्य स्मृति जीवी प्राणी है। वह आज को अपने स्मृतियों में तलाशता है। परन्तु आज के निर्बाध प्रवाह पुराने को ध्वस्त कर देता है।

शिव कुशवाहा की यह कविता नए के एवज पुराने के राग संबंध का वृत्तांत कथा है जहाँ चीज़ों का ध्वस्त होना निरर्थक होने के बाद भी तय है। हालाँकि संभावनाएँ कभी ख़त्म नहीं होती, 'गाँव एक संभावना है' शीर्षक कविता में शिव कुशवाहा की माने तो यक़ीनन हर उस आदमी के भीतर गाँव न केवल संभावना ही है, ज़रूरत भी है। यह उनमें गहरे में पैठ बनाता है जिन्होंने किसी न किसी सुख

की तलाश में गाँव को बरसों पहले छोड़ आया! शिव इस कविता में लाकडाऊन के बाद और विपत्ति के दुस्सह स्थिति का वर्णन समकाल के प्रभाव में आकर कर रहे हैं और इसलिए कर रहे हैं कि गाँव वास्तव में उन लोगों के लिए सच का एक दीप्त आश है। जो बचा रहेगा अपने अवशेष में। यही वह बात है जो शिव को विश्वास दिलाता है—

सभ्यता के पुराख्यान का एक पूरा ग्रन्थ
गाँवों ने रचना नहीं भूला है
सदियों के बाद भी वहाँ खड़े हुए हैं दरख़्त
फैली हुई हैं उनकी बड़ी बड़ी शाखाएँ

गाँव के पक्ष में व्यक्त चीज़ों के बीच अव्यक्त और छूटे हुए संदर्भ भी हैं जिसे मैंने यथासंभव रखा है।

काव्य-संग्रह की बीज रचना 'दुनिया लौट आएगी' में एक कवि के भीतर और बाहर का परिवेश इतना बीहड़ और जंगली हुआ जा रहा है जो उसके आँखों में है, जो उसमें खलबली मचाया हुआ है; कम बात नहीं है। कम बात बिल्कुल भी नहीं है इस तरह से विश्वास से भर उठना! जैसा भर उठते हैं शिव कुशवाहा। यह माद्दा की बात है कि एक ओर दलाल पूँजी, सत्ता और मीडियोकरी का गठजोड़ है जो नित नई नसीहतें दे सनसनी पैदा कर रहे हैं, भय व आशंकाओं का विष बेल रोप रहे हैं, जहाँ संवेदना सिहर उठी है अभिव्यक्तियाँ ठिठक गई है। एक ठिठुरन भरी शीत जम आई है, व्यक्त-अव्यक्त के मध्य एक बड़ा स्पेस उभर आया है वहाँ शिव कुशवाहा धैर्य और संभावना की तलाश जारी रखें हुए हैं। यह जानते हुए शिव कुशवाहा में विश्वास अद्भुत है कि—

दुनिया लौट आएगी
जल्द अपने रास्ते पर

यह एक शाश्वत और आशान्वित करती उद्घोषणा है कि विषम परिस्थितियों के बाद दुनिया अपने बने हुए रास्ते पर फिर चल पड़ती है।

युवा कवि शिव कुशवाहा; निरंतर गतिमान रहें अपार संभावनाएँ लेकर चले हैं तो मकाम तो बनेगा, कारवां पीछे-पीछे और आप आगे-आगे...

—इंद्र कुमार राठौर

युवा आलोचक
रायपुर,छत्तीसगढ़

कविता-क्रम

अँधेरे के ख़िलाफ़

कवि घिरा होता है समय चक्रव्यूह में
अभिमन्यु की तरह
वह जनता है समय के चक्रव्यूह को तोड़ना
और उससे बाहर निकलना भी

टूटे हुए रथ के पहिए को बना लेता है
कविता की आत्मा
प्रतिपक्ष की धुरी पर घूमते हुए
किसी नायक की तरह
वह लड़ता है अनवरत युद्ध

जब चारों दिशाएँ घिर उठती हैं
घनघोर बादलों से
दिशाएँ खोने लगती हैं अपनी पहचान
तब कड़कती बिजली की मानिंद
कवि की कविता उद्घोष बनकर
छा जाती है सघन परिवेश में
जैसे तेज़ हवाएँ
बादलों को छाँट देती है
उसी तरह कवि की लेखनी
छाँट देती है निराशा के बादल

कवि अपनी अंतिम साँस-प्रश्वास तक
डटा रहता है अँधेरे के ख़िलाफ़

समय की इबारतों को बखूबी पढ़ते हुए
बुझती राख की चिंगारी में
सुलगता रहता है अंदर ही अंदर...

✤ ✤ ✤

हम नहीं बचा सकेंगे पानी

नदी अब नदी की तरह नहीं बहती
पानी भी अब पानी की तरह नहीं बहता
कुएँ तो अब विलुप्त होकर बन गए हैं अतीत
जल स्रोतों ने बंद कर लिया है अपना मुहाना

बहुत तेज़ी से तब्दील हो रही है धरती
धधकते हुए लावा में
देखते ही देखते धरती बदल रही है बंजर में
सूख रहा धरती का सीना
दिन ब दिन प्यास से हो रहा है व्याकुल

बढ़ते हुए ग्लोबल वार्मिंग का दबाव
पहाड़ों पर पिघला रहा है ग्लेशियर
जो जल्द से जल्द बहा ले जाना चाहता
हमारे हिस्से का पानी

इस भयावह दौर में पानी के लिए ही
लड़ा जाएगा अगला विश्वयुद्ध
मनुष्य निरीह प्राणी की मानिंद निहारेंगे
ख़त्म होते हुए पानी को—

अब समय की तासीर पहचानने में
यदि हमारी पीढ़ी असफल रही

तो निश्चय है
कि आने वाली पीढ़ियों के लिए
हम नहीं बचा सकेंगे पानी
और जीवन तो बिल्कुल भी नहीं...

❖ ❖ ❖

कविता में बचा रहेगा आदमी

धुंध के अपारदर्शी पर्दे में
फीकी पड़ चुकी चेहरों की रंगत
आँखों के सामने मटमैले बिम्ब
और चेतना में धुँधले अक्स
उघाड़ते हैं अनसुलझे रहस्य

पिघलते हुए ग्लेशियर की तरह
अब मनुष्य की संवेदना भी
धीरे-धीरे बह रही है

दरक रहे बाँध के पास
अब भी मौजूद है
वर्जनाओं का पूरा इतिहास

अब यह कहना
कि सच से मुखातिब होना
समय के साथ न चलने के मानिंद
बनकर कर रह गई है
मनुष्यता की अधूरी दास्तान

मानव सभ्यता के
ख़त्म होने के
आख़िरी पड़ाव पर भी
शब्दों में बची रहेगी दुनिया
और कविता में बचा रहेगा आदमी...

✤ ✤ ✤

उम्मीदों का पूरा आसमान

बल्लियों के सहारे
टिके हुए छप्पर
बचाए रखते हैं अपनी विरासत
एक पीढ़ी से दूसरी पीढ़ी के मध्य
हस्तांतरित होती जाती है
छप्पर बनाने की ख़ुबसूरत कला

समय के साथ-साथ
अब छप्पर छाने वाले लोग
नहीं दीखते छाते हुए छप्पर
और छप्पर उठाने वाले तो
विलुप्त प्रजातियों की तरह हो गए हैं गायब

यदा-कदा दिखाई देते छप्परों में
दीखता है हमारी संस्कृतियों का अनूठा सौंदर्य
जो अनायास ही
जीवन में उड़ेल देते हैं खुरदरे एहसास
गाढ़े हो जाते हैं अतीत के बिम्ब
ढलक आती हैं कुछ बूँद
आँखों की कोर नम हो जाती है

एक छप्पर के नीचे
रहती है ज़िंदगी की जद्दोजहद
बदहवास सी साँसे
और उम्मीदों का पूरा आसमान...

❖ ❖ ❖

बरगदी छाया से दूर

पुराने बरगद
नहीं पनपने देते नए पौधे
जहाँ तक छाया रहती है
वहाँ नहीं उगने देते नई किल्लियाँ
उसकी आत्महंता जड़े
सोख लेती है धरती की उर्वरा शक्ति
जहाँ कुछ उग आने की संभावना के इतर
उगने से पहले ही
सूख जाती हैं नवकोंपलें

फैलती हुई जड़ों की परिधि
विस्तार लेती हुईं उसकी शाखाएँ
कद ऊँचे से और अधिक ऊँचा होता हुआ
जहाँ वह नहीं देखता
अपने आस-पास
छोटे-छोटे नव विकसित कोपलें
जो हरियाना चाहती हैं
लेकिन बरगद
आख़िरी दम तक
सोख ही लेते हैं उनकी प्राण वायु

बरगदी छाया से दूर
उगते हुए नए पौधे
धीरे-धीरे उठ रहे हैं ऊपर
अपने आस-पास उग आए नए कोंपलों को

बाँटते है उर्वरा शक्ति,
धरती में पनपती हुई अनेक तरु शिखाएँ
घटित होते हुए समय की असलियत
पहचान ही लेती हैं
कि बरगदी छाया
आत्मुग्ध बरगद की एक स्थिति है...

✤ ✤ ✤

जातिश्रेष्ठता का ब्लैकहोल

इक्कीसवीं सदी के उत्तर आधुनिक समय में
खुरदरे हो रहे हैं हमारे अहसास
कि आत्महत्या के लिए विवश किए जा रहे
वंचित समाज के होनहार

गहराते वर्जनाओं के स्वर
छीन रहे हँसते हुए जीवन की रंगीनियाँ
मेडिकल कॉलेज, विश्वविद्यालय
और वृहद समाज के वक्षस्थल पर
उकेरी जा रही भेदभाव की स्याह इबारत

जातिश्रेष्ठता का ब्लैकहोल
निगल चुका है देश की कई प्रतिभाएँ
रोहित वेमुला या कि पायल तड़वी
तक ही सीमित नहीं है
बल्कि अतीत के झरोखे में
लिपिबद्ध है इसका काला इतिहास

प्रवंचनाओं को ढ़ोते-ढ़ोते
समाज के कंधे हो चुके हैं शिथिल
अब 'जाति-श्रेष्ठता' मानव जीवन के लिए
बन चुकी है बड़ा ख़तरा

जितना जल्दी हो सके
इस जाति रूपी केंचुल को उतारना ही
मानव बने रहना का सार्थक उपक्रम होगा...

❖ ❖ ❖

बलात्कारी भेड़िए

मानव सभ्यता के माथे पर अंकित
बलात्कार रूपी कलंक ने
हिलाकर रख दिया है मानवी जमात को
एक बार फिर संवेदनाएँ तार-तार हुईं

समय का कैसा अँधेरा युग है
कि अबोध बच्ची के साथ बलात्कार करके
नोच डालते हैं उसकी आँखें कर देते हैं उसका अंग भंग

बलात्कारी भेड़िये पसीजते नहीं
अबोध बच्चियों की मुस्कराहट देखकर
मांस के लोथड़े की तरह वे नोचकर खा जाते हैं
और खेलते हैं खेल हैवानियत का

क्रूरता की पराकाष्ठा अब पार कर गई है
बच्चियों की अस्मिता के रक्षार्थ
उठाने होंगे अब हमें हथियार
करना होगा शिकार
बर्बर हो चुके बलात्कारी भेड़ियों का...

✤ ✤ ✤

एक आदमी

नदी की धारा के बीचोबीच
नदी की गहराई की थाह लेता है
एक आदमी
धारा के साथ अविराम
क़दमताल करता हुआ चप्पू चलाता है

नाव जलधारा के साथ
अठखेलियाँ करते हुए
नाविक के धैर्य की परीक्षा करती है

जीवन जिजीविषा से
संघर्ष करता हुआ
वह आदमी
अपनी भूख शांत करने के लिए
निवालों का इंतजाम करता है...

✤ ✤ ✤

स्मृतियों के बाँध के साथ

समय के साथ
उतरते चले जाते हैं सीढ़ियों पर
एक-एक क़दम
सँभालने के बावजूद
फिसलने का बना रहता है ख़तरा

ठहरने के बनिस्बत
चलने के शुरुआती दौर से ही
ठोकरों के वजूद को पहचानते हुए सलीके से
क़दम दर क़दम
अँधेरों से जूझकर ही बढ़ते रहे आगे

कभी-कभी
नहीं दीखती सड़कें
और उनमें धँसते हुए स्याह अक्स
पीछा कर रहे किसी अजनबी का
जो हमारे इर्द गिर्द दे रहा होता है दस्तक

अतीत के चलचित्र
तैर जाते हैं
आँखों के सामने
तैर जाते हैं वे सभी दृश्य
जो अब छूट चुके हैं बहुत पीछे

स्मृतियाँ जल स्रोत की तरह
फूटती हैं अन्तस के किसी कोने में
जो आलोकित करती हैं एकांत के क्षण
और अंतिम छोर पर खड़े रहने के बावजूद
स्मृतियाँ कराती हैं अपने होने का अहसास

मैं बाँधना चाहता हूँ समय को
स्मृतियों के बाँध के साथ
जिससे कि स्मृतियों की सघन धाराएँ
टकरा न सकें भुलाये गए एक अँधेरे युग से।

✤ ✤ ✤

काल्पनिक तूलिका

कल्पना के कोरे कैनवास पर
उकेरा है एक चित्र
जो है बेबस और निराश
पलकें सांझ की मानिंद
दिखाई देती हैं ख़ामोश

आँखों में उमड़ता वेदना का सागर
हिलोरें ले रहा हृदय की गहराई में
और पलकों के धीरे से मुंदने से
बयाँ हो गए हैं अनकहे दर्द
जिन्हें महसूस किया
कि लहरें सागर की और कुछ नहीं
वे तो हैं उमड़ते आँसू,
कि सागर का खारापन ही
आँसू की असंख्य बूँद हैं

कल्पना के एक बिम्ब में
बन रहा अलक्षित सा कोई अक्स
जो खोज रहा हो स्वयं में अपना ही अस्तित्व
अनजाने में जो निहार रहा हो
शाम के धुँधलके में
खोया हुआ अपना प्रतिबिम्ब

काल्पनिक तूलिका
बादलों के पीछे खीचती है
शब्दों की एक प्रेम-शृंखला
जो आकाश के नीले रंग में विस्तार पाकर
चित्रकार के मानसपटल पर हो जाती है अंकित...

❖ ❖ ❖

सीढ़ियों पर

बढ़ते हुए क्रम में
सीढ़ियाँ
उर्ध्व की यात्रा करती हुई
मंद-मंद गति से
दिखाई देती हैं
थकी हुई

रास्ता बदल लेते हैं
थके-हारे पाँव
नहीं चढ़ना चाहते
दुर्गम सीढ़ियाँ
जहाँ संभावित ख़तरा
होने का रहता है भ्रम

सीढ़ियों पर
बन चुके अदृश्य पद चिन्ह
गवाही बन चुके
समय की बालुका पर
उभरकर
मिट जाते हैं

सीढ़ियाँ जब
बन जाती हैं अंतस के
किसी कोने में
उतार-चढ़ाव का प्रतीक

सफलता और असफलता के द्वंद्व में
पिसते हुए
उतरते लगते हैं हम
ढलान की मानिंद
जीवन की
सार्थकता को जीते हुए...

❖ ❖ ❖

कुएँ की मुँडेर

अब नहीं दीखते हैं कुएँ
जिनमें डूबते-उतराते
निहारा करते थे लोग
अपना प्रतिबिम्ब

कुएँ के मुहाने पर
खड़े होकर लोग
लगाते थे आवाज़
और उन आवाज़ों की
लौटती प्रतिध्वनियाँ सुनकर
ठहर जाते थे राही

रस्सी के सहारे
बँधी बाल्टी
उतर जाती
जब कुएँ के अंतस्तल में
तब फूट पड़ता
कुएँ का राग-आलाप
जिसे सुनकर राही
बिना पानी पिए ही
तृप्त हो जाते थे

आज कुएँ की मुँडेर पर
बैठा सोच रहा हूँ
निर्बाध समय की गति ने

पीछे धकेल दिया है
कुएँ के अस्तित्व को

विस्मृत पन्नों के
भूले हुए इतिहास की तरह
रह गए हैं कुएँ
जहाँ प्यास ही प्यास है
मानव तृषा
अभिशप्त-सी
खड़ी है
कुएँ के इर्द-गिर्द...

❖ ❖ ❖

बेरंग हो चुकी धरती पर

ठूठ हो चुके संबंधों में
अब पानी की कमी ज़ाहिर हो चुकी है
क़दम दर क़दम जब साथ चलना ज़रूरी होता है
तब संताने छोड़ देती है उनका हाथ

उनके ध्वंस होते हुए सपनों ने
देख ली है संबंधों की हक़ीक़त
कराह रही मानवीय संवेदना को
अब पढ़ लिया है उनकी पथराई आँखों ने

उन्मुक्त आकाश की ऊँचाइयों पर
डेरा बनाने वाले पक्षी की तरह
उनकी बेरंग हो चुकी ज़िंदगी भी
अब निर्द्वंद्व जीना चाहती है अपना जीवन
साथ ही साथ देखना चाहती है वह सब कुछ
जो एक जीवन जीने के लिए होता है ज़रूरी

ज़ाहिर हो चुका है
कि भाषा ने भी तोड़ दिया है अपना दम
कवि की क़लम काँप जाती है बार-बार
कविता भी असमर्थ हो गई है
चंद शब्दों की व्यथा-कथा कहने में

हम बेरंग हो चुकी धरती पर
सीखें रंग भरना
क्योंकि बेरंगी में तब्दील हो रही दुनिया
अब बाट जोह रही है
फिर अपने रंग में वापस होना...

❖ ❖ ❖

ख़त्म होती शामों के साथ

दिन के ढल जाने पर भी
मनुष्य चलना नहीं छोड़ता
चिड़िया उड़ना नहीं छोड़ती
नदियाँ बहना नहीं छोड़ती
उसी तरह सूरज भी नहीं बदलता अपना रास्ता

ख़त्म होती शामों के साथ
पक्षी लौटते हैं बिखरे हुए अपने घोंसलों में

अँधेरा बढ़ जाने के बावजूद
किसान को कोई फ़र्क़ नहीं पड़ता
वह अपनी फसलों को
सर्द हुए मौसम में सींचता है
और मज़दूर अपनी खटराग में उलझे
दो वक़्त की रोटी का इंतज़ाम करता है

जैसे अँधेरे के साथ रोशनी
दिन के साथ रात और दुख के साथ सुख
कभी साथ नहीं छोड़ते एक-दूसरे का
वैसे ही रास्ते भी नहीं छोड़ते किसी राही का साथ

गहराती हुई शाम के धुँधलके में
कुछ स्मृतियाँ उभर आती हैं
कुछ पीड़ाएँ भी देती हैं दस्तक
और याद आता है वह सब कुछ

जो आँखों के सामने कुछ अधूरेपन के साथ
एक रील की मानिंद खुलती जाती है हमारे सामने

ख़त्म होती शामों के साथ
अंकित होते हैं पूरे के पूरे बीते हुए दिन
जिन पर लिखा होता है समूचे देश का इतिहास,

कि कुछ घटनाएँ दर्ज हो जाती हैं
स्याह हो रहे समय के माथे पर
जिन्हें याद करने पर कलेजा सहम उठता है।

❖ ❖ ❖

चिड़ियाँ डर रही हैं

उन्मुक्त आकाश में
उड़ान भरने वाली चिड़ियाँ डरी हुई हैं
अपने स्याह होते परिवेश से

दिशाओं में विचरने के लिए
नहीं है उनके पास खुला स्पेस
वे नहीं कर पा रही हैं वह सबकुछ
जो चिड़िया होने के लिए होता है ज़रूरी

उनके लिए चारों ओर उदासी है
उनके लिए हर तरफ़ पहरा है
उनके लिए सुरक्षित है केवल भय
उनकी अस्मिता ख़तरनाक माहौल के
बीचो-बीच जूझ रही है

गिद्ध मंडरा रहे हैं चिड़ियों के ऊपर
वे घात लगाए देख रहे हैं
उनकी सी छोटी दुनिया
और मौका मिलते ही खूनी पंजों से
नोचकर फेक देते हैं उनके पंख

बहेलियों ने भी बिछा रखे हैं अपने जाल
वे धोखे से झपटना चाहते हैं

उड़ती हुई चिड़िया की अस्मिता
चिड़ियाँ डर रही हैं अपनी उड़ान भरने से,

कि वे अब सुरक्षित नहीं हैं अपने घोसलों में
और स्वच्छन्द आकाश में तो बिल्कुल भी नहीं...

❖ ❖ ❖

बचे रहेंगे शब्द

नेपथ्य में चलती क्रियाएँ
बहुत दूर तक बहा ले जाना चाहती हैं
जहाँ समय के रक्तिम हो रहे क्षणों को
पहचानना बेहद मुश्किल हो चला है

तुम समय के ताप को महसूस करो
कि जीवन-जिजीविषा की हाँफती साँसों में
धीरे-धीरे दम तोड़ रही हैं हमारी सभ्यताएँ

स्याह पर्दे के पीछे
छिपे हैं बहुत से भयावह अक्स
जो देर सबेर घायल करते हैं
हमारे इतिहास का वक्षस्थल
और विकृत कर देते हैं जीवन का भूगोल

हवा में पिघल रहा है
मोम की मानिंद ज़हरीला होता हुआ परिवेश
और तब्दील हो रहा है
हमारे समय का वह सब कुछ
जिसे बड़े सलीके से संजोया गया
संस्कृतियों के लिखित दस्तावेज़ों में

बिखर रही उम्मीद की
आख़िरी किरण सहेजते हुए
ख़त्म होती दुनिया के आख़िरी पायदान पर
केवल बचे रहेंगे शब्द,
और बची रहेगी कविता की ऊष्मा।

❖ ❖ ❖

भाषा की अनुभूतियाँ

पक्षियों की तरह नहीं होती
मनुष्यों की भाषा
पक्षियों की अनुभूति
भाषा के साथ जुड़ी रहती है
इसलिए वे सदियों तक
समझते हैं अपने आत्मिक संवाद

मनुष्य भाषाओं पर झगड़ते हैं
उसके संवेदनसिक्त हर्फ़ों को
हथियार बनाकर
भेदते हैं एक-दूसरे का हृदय

मनुष्यों की भाषा के शब्द
ग्लोबल हो रही दुनिया में
बड़ी बेरहमी से
संस्कृतियों से हो रहे हैं दूर

भाषिक सभ्यता के खंडहर में
दबे हुए मनुष्यता के अवशेष
और शिलालेखों पर उकेरी गई
लिपियों के अंश
अपठित रह गए मनुष्यों के लिए

भाषा की अनुभूतियाँ
विलुप्त हो रही हैं
अवसान होते खुरदरे समय में
अब छोड़ दिया है मनुष्यों ने
संवेदना की भाषा में बात करना...

✤ ✤ ✤

प्रेम में डूबना जान पाया हूँ

हवा के शीतल झोंके की तरह
तुम मेरे मानस में आकर ठहर गई हो
मैं प्रेम के अनिवर्चनीय आनंद में डूबा
निहार रहा हूँ तुम्हारे आस-पास अपनी परछाई

तुम्हारी हर एक बात ठंडी बयार की तरह
छू लेती है मेरे आर्द्र मन की गहराई
मैं पढ़ लेता हूँ वह सब कुछ
जो तुमने मेरे लिए लिखा है
प्रेम की सुकोमल तूलिका से

मैं चलता रहा हूँ तुम्हारे साथ
बादल की छाया लेकर कड़ी धूप में
और तुम
फूल के रंग में रंगी सुवासित हो रही हो
मेरे जीवन के बेरंग आयामों में

जैसे तेज़ हवाओं के साथ
बारिश की बूँदें धरती को कर देती हैं शीतल
उसी तरह तुम मेरे धूसरित हो रहे जीवन को
बना देती हो ख़ुशनुमा
भर देती हो एक अमिट मुस्कान

प्रिये!
मैं प्रेम लिखना नहीं जानता था
और न प्रेम की कविता करना ही
किंतु प्रेम में डूबना जान पाया हूँ
कि तुम्हारे प्रेम ने मुझे
कविता करना सिखा दिया है और प्रेम करना भी...

❖ ❖ ❖

दूर क्षितिज के उस पार

झील-सी आँखों की गहराइयों में
मैं जब भी उतरा हूँ तो पाया है
कि तुम्हारी आँखें रही हैं बहुत नम
आकाश से गिरी ओस की तरह।

मेरी अनन्तिम अभीप्सा रही है
कि इन आँखों के तल में उतर जाऊँ
और महसूस करूँ इनकी नर्मी

मैं उतर जाऊँ
अक्षांतल के उस कोर तक
जहाँ अश्रुकण टिक जाते हैं मोती बनकर

मैं जानता हूँ
तुम्हारी आँखों की असलियत
जो निहारती रहीं अपलक
और पथरा गईं थीं
राह के अंतिम छोर पर
मेरी राह देखते-देखते

तुम्हारे रोकने बावजूद,
मैं चल पड़ा था
जीवन के दुर्गम राह पर

दूर क्षितिज के उस पार
मैं खड़ा निहारता रहा
तुम्हारा उजला प्रतिबिंब
और अपनी स्याह होती हुई छाया।

✤ ✤ ✤

राह के अंतिम छोर पर

टूटते हुए परिवेश में
सुकून देता है हरा भरा बगीचा
लाल, नीले, गुलाबी, पीले रंग
मोह लेते हैं मन को।

हरी-भरी घास कालीन की तरह
कराती है सुखद अहसास
दूर-दूर तक आँखों के सामने
बिखरी हरीतिमा
पल्लवित करती है सुकोमल भाव

हवा के मंद-मंद झोंके बहा ले जाते हैं
आकाश में बादलों के बीच
तैर जाते हैं कुछ कोमल अहसास
स्वप्निल दुनिया के आर-पार
मैं ढूँढता हूँ अपना खोया हुआ अस्तित्व

चलना ही जीवन का आख़िरी विकल्प है
फिर भी मैं नहीं रहना चाहता
राह के अंतिम छोर पर बसी
धुँधली स्मृतियों की बस्ती में

मैं निकल जाना चाहता हूँ
तुम्हारी सघन स्मृतियों से बहुत दूर
जहाँ प्रेम मौन अभिव्यक्ति बनकर
परिवेश को बनाता है
फूलों की मानिंद ख़ुशनुमा...

✤ ✤ ✤

स्त्री : संवेदना की महानदी है

करुणा के उत्स की पहली कलगियाँ
स्त्री के अस्तित्व के साथ ही अवतरित हुई

धरती की उर्वरा कोख से फूटी
नई कोंपल की मानिंद
स्त्री की कोख से ही जन्में सबसे पहले
वेदना के अनकहे आख्यान

स्त्री प्रेम की सुकोमल भावना से अभिसिक्त
खोजती है एक मुक्कमल रास्ता
वह अँधेरे में रोशनी की तलाश करती हुई
बढ़ रही है अंजान दुनिया की तरफ़
जहाँ सिसक रहे हैं कविता के बहुआयामी शब्द

अपने जीवन के अलिखित दस्तावेज़
सहेज लेती है अन्तस के किसी कोने में
और वेदना का महाकाव्य रचते हुए
समेट लेती है पूरी दुनिया को अपने आँचल में

वह स्नेह की असीम गहराइयों में उतरकर
छाँटती है जीवन की उदासियाँ

स्त्री केवल भाव नहीं है,
वह संवेदना की महानदी है
जो प्रवाहित हो रही है अंतस्तल में चेतना बनकर...

❖ ❖ ❖

फूल और स्त्री

खिले हुए फूलों की सुंदरता
सबसे अधिक आकर्षित करती है
एक स्त्री को
और एक स्त्री की सुंदरता
पूरी दुनिया को करती है नज़रबंद

खिले हुए फूलों के
बहुत क़रीब होती स्त्री
और स्त्री बहुत क़रीब होती है
सुकोमल भावनाओं के

स्त्री के विचार
होते हैं फूलों की तरह कोमल
और हृदय होता है
पंखुड़ियों की तरह उन्मुक्त

धरती पर गिरे हुए फूल
अपनी ख़ूबसूरती नहीं छोड़ते
उसी तरह एक स्त्री
सम्हालती है ख़ुद को
बचा लेती है अपने लिए
खोया हुआ अपना सत्व

कि फूल और स्त्री
पूरी दुनिया के इतिहास में
सबसे सुंदर और मार्मिक अभिव्यक्ति है...

❖ ❖ ❖

गिरना महज़ एक क्रिया है

सत्ताओं का इतिहास
आज अपने अतीत को दोहराते हुए
खड़ा हो गया है सामने

सत्ताओं ने कभी नहीं चाहा
कि ख़त्म हो जाए उनकी सत्ता
उन्होंने होने दिया रक्तपात
सत्ता के अस्तित्व बचाए रखने के लिए

विचारधाराओं की लड़ाई में
वे मूकदर्शक बन जाते हैं
उनके लिए देश तब देश नहीं होता
और जनता केवल जनता नहीं होती
वह सत्ता की प्रयोगशाला बन जाती है

सत्ता भूखे भेड़ियों की मानिंद
केवल रक्त पीना जानती है
वह जानती है सलीके से
जनता को आपस में लड़ाना
और उनके ठीक निशाने पर है
मानवीय सौहार्द की दीवार

कि अब सत्ता गिर रही है
अनंत ऊँचाईयों से
उसके लिए गिरना
महज एक क्रिया नहीं है
वरन एक सटीक प्रयोग भी है...

❖ ❖ ❖

शिकारी

शिकारी ने बिछा दिया है जाल
जंगल के कोने-कोने में
और देख रहा है रक्तिम आँखों से
अपना शिकार

उसका तरकस भरा है
कुछ नुकीले, कुछ भोथरे
कुछ बिना फलक के बाणों से

उसकी जद में है
निरीह प्राणियों की गर्दन
और छाती पर है
चमचमाती शमशीर

वह छद्म विधाओं में पारंगत
प्रवेश कर गया है मुखौटा लगाए
जंगल के बीचो-बीच
बोल रहा है बनावटी बोलियाँ

वह कूट भाषा में सिद्धहस्त
किसी ऐंद्रजालिक की तरह
दिखाता है हस्त पर उगता हुआ फल

वह केवल शिकारी नहीं है
वह पूरे जंगल में आग लगाकर
देख रहा है चुपचाप
बिलखते हुए प्राणियों को...

✤ ✤ ✤

वसंत तुम कहाँ हो

तुम्हारे स्वागत में
पंछी अब नहीं गाते गीत
भौरें भी नहीं करते गुंजार
धरती अब नहीं करती नृत्य
पेड़ की हरी पत्तियाँ झुलसकर
दुनिया को बना रही हैं बदरंग।

फूलों के रंग बदल रहे हैं
नदियाँ भी बदल रही हैं अपना रास्ता
बदल रहे हैं वे सभी मानक
जो मनुष्यता को बचाए रखने के लिए
होते हैं बहुत ज़रूरी।

रेत की तरह फिसल रहे समय में
मशीन बन चुका आदमी
सुबह से शाम तक नहीं रुकता,
तुम्हारे नैसर्गिक मोहपाश का आकर्षण
धीरे-धीरे अब हो रहा है विलुप्त

तुम देख सको तो देखो,
बहुत तेज़ी से उग रहे हैं
कंक्रीट के जंगल
संबंधों पर जम रही है

मोटी बर्फ़ की चादर
सूख रही संवेदना की गहरी नदी
तुम कहाँ हो वसंत,
मुरझाए हुए समय की टहनियाँ अब सूख रही है...

✤ ✤ ✤

कंधों पर बैठे हुए लोग

लीक की सीध पर
कुछ धुँधला-सा अक्स उभर आने पर
दीखती है कविता मुझे
कंधे पर लटकाए
कुछ अनकहे से खुरदरे शब्द
जो उधेड़ देते हैं
मन के भीतर बसे
अभिव्यक्ति के कोरे कैनवास को

जहाँ चलना ही जीवन की
न ख़त्म होने वाली चिरंतन क्रिया है
इसके बनिस्बत कि दुनिया का हर आदमी
यही सोचता है
कि कंधे पर बैठकर लोग निकल जाते हैं आगे
छोड़ देते हैं अपना अवलम्ब।

कंधों पर बैठे हुए लोग
ज़रूरी नहीं
कि ढो रहे हों इस नाजायज समय को
लड़खड़ाते क़दमों के पदचाप
सुनते हुए
वे कंधों से उतरकर
थाम लेते हैं
मज़बूत इरादों के साथ गिरते हुए शिखर

❖ ❖ ❖

कवि जानता है

बेतरतीब समय को
अच्छी तरह सहेजना
स्मृतियों के पृष्ठ पर
सलीके से लिखना
कवि जानता है

छोटी से छोटी और बड़ी से बड़ी
समस्याओं को सुलझाना
जीवन के गहनतम अँधेरे को
रोशनी में बदलना
कवि जानता है

काँटों भरी राह पर
क़दम से क़दम मिलाकर चलना
अपना सबकुछ भूलकर
हाशिए के लोगों को हँसाना
कवि जानता है

उदास आँखों की भाषा
कुछ अनदेखी छवियाँ
होंठों पर अंकित
सभी लिपियाँ
कवि जानता है

कवि जानता है
वह सब कुछ
जो अभी तक
कविता की अभिव्यक्ति में
रह गया है शेष...

✤ ✤ ✤

इन दिनों

इन दिनों
टी.वी. चैनल नहीं दिखाते समाचार
अनर्गल आलाप-प्रत्यालाप
सुनाई देता है शोर-शराबा

इन दिनों
समाचार पत्र चाटुकार बनकर
कर रहे हैं सत्ता की दलाली
कुत्सित चेहरों से भरी ख़बरें
मानस को कर रही हैं विक्षिप्त

इन दिनों
क़लमकारों ने बेच दी हैं अपनी क़लमें
गिरवीं रख दिया है ईमान
वे एक नवचारणकाल
में कर चुके हैं प्रवेश

इन दिनों
गढ़ी जा रही है झूठ की बुनियादें
रचे जा रहे तिलिस्म में
छली जाएगी केवल जनता।

इन दिनों
सूरज की बढ़ रही तपिश में
धुंध ने ढँक लिया है पूरा परिवेश
उम्मीद की इंद्रधनुषी किरणें
नहीं बचा पाएँगी स्याह होते समय को...

✤ ✤ ✤

मेरा शहर

जब कभी अपने शहर को
क़रीब से देखता हूँ
मिलती हैं मुझे बहती हुई
संस्कृति की अविरल नदियाँ
जहाँ सड़के भी पहचान लेती हैं
आसानी से पैरों के अलक्षित पदचिन्ह

दरख़्त भी कह जाते हैं चुपचाप
जीवन की अनकही बातें
जो घटित हो चुकी हैं
उसके ही इर्द-गिर्द...

चौराहे भी दे रहे होते हैं गवाही
कि प्रवासी पथिक
कुछ ही देर में
चहलक़दमी करता हुआ
निकल जाएगा अपने शहर से बहुत आगे

उबर आने के बरक्स
डूबता जाता हूँ
अपने शहर की परछाई में
बहुत दूर निकल आने पर भी
दूर नहीं लगता है
मेरे अंतस से बसा हुआ मेरा शहर...

✤ ✤ ✤

तलाश है

बंजर होते हुए रास्ते
सिकुड़ती हुई तंग गलियों में
रेत की मानिंद
फिसलती ज़िंदगी के दरम्यान
फासला क़दम-दर-क़दम
नाप ही लेते हैं
लेकिन अभी भी
हमें तलाश हैं
एक मुकम्मल शहर की...

❖ ❖ ❖

कविता की आख़िरी पंक्ति

मैं कविता लिपिबद्ध नहीं
बल्कि कविता में रोपता हूँ स्वयं को
साहित्य के धरातल पर

इस आस में कभी न कभी तो अँखुआएँगी
कविता की किल्लियाँ
हरियाएँगी कविता की डालियाँ।

फिर कभी जब थक जाऊँगा इस जीवन-यात्रा में
तब लिखते हुए समय की इबारत के साथ
बह जाऊँगा भावों की गहरी नदी में

सूरज की नई किरणों के साथ
सुवासित हो रही कविता की भाषा
और मकरन्द कण की मानिंद
बिखर रही कविता की आख़िरी पंक्ति
कवि क्षितिज के उस पार निहारता है
सूनी पगडंडियाँ...

✤ ✤ ✤

गेंहूँ की बालियों में

अलस्सुबह गेहूँ की बालियों पर
कुछ बूँदें ओस की ढलक आती हैं
जो सूरज की रोशनी में
मोती की मानिंद
बन जाती हैं उम्मीद की किरण

खेतों में उग आए गेंहूँ
की हरीतिमा से
खिल उठी है अप्रतिम मुस्कान
मिट्टी की सोंधी गंध
हवा के साथ मिलकर पका रही है
गेहूँ की बालियाँ

धीरे-धीरे पक रही फसल को
उम्मीद से केवल किसान ही नहीं निहारते
बल्कि पक्षी भी उम्मीद से लबरेज
कुछ दानों के लिए करते दिखते हैं जद्दोजहद
उनकी चोंच के बीचो-बीच दबी हुई
गेहूँ की बालियों में
दीखता है अभूतपूर्व सौंदर्य
जो दुनिया की किसी भी भाषा में
समझने के लिए हो सकता है स्वीकृत

गेहूँ की बालियाँ सहेजती हैं
हमारी सांस्कृतिक विरासत
और कविता की भावभूमि को
देती है कल्पना के उर्वर विचार
खोई हुई अस्मिता से जूझते हुए किसान
गेहूँ के दानों में ढूँढते हैं अपना जीवन-राग

गेहूँ की बालियाँ ही तय करती हैं
किसी भी देश का भविष्य
हमारे समय का पूरा भूगोल
टिका हुआ है गेहूँ की बालियों में...

❖ ❖ ❖

नदी का दर्द

सभ्यताओं की साक्षी
अकेली नदी है जिसने देखा
पूरी दुनिया का उत्थान और पतन
उसने देखी हैं संस्कृतियों की
विलुप्त होती परम्पराएँ
सृजन और विनाश के पटल पर
वह बहती रही
अजस्र धारा के साथ

अस्तित्व की खोज में रत
वह ढूँढ़ती है अपना वजूद
धाराओं में सिमट गए
उसके संवेदना के स्वर
लहरों के उर्मिल प्रवाह से
उड़ेल देती है वह अपना दर्द

नदी की गहराई में
अंकित हैं कई सदियों का भूगोल
बनते बिगड़ते
सदियों के अक्स
सहेजकर
स्मृतिछाया-सी
प्रवाहित रहती है चुपचाप

नदी की धार में
उतरकर देखना कभी
लहर रूपी कोमल हथेलियों से
सहलाती है वह,
ममत्व की
जानती है कोमल परिभाषा
किनारे पर खड़े होकर
कभी महसूस करना
कि केवल नदी नहीं है वह
सम्पूर्ण संसृति को समेटे
एक पूरा इतिहास है...

❖ ❖ ❖

बुद्ध होना कठिन है

इतिहास के स्वर्णिम पृष्ठों पर अंकित हैं
तथागत बुद्ध की स्मृतियाँ
और लोक के लिए समर्पित उनका जीवन
लौह स्तम्भ की मानिंद सदियों से है स्थापित

शिलालेखों पर खुदी हुई लिपियाँ
गवाही दे रही हैं उनके महामानव होने का

संस्कृतियों के टकराने से सभ्यताएँ ख़त्म नहीं होतीं
बची रहती है उनकी कलगियाँ
उर्वर धरातल पर
ज़मीं रहती है मजबूती से अपनी जड़ के साथ

अब इस दुनिया में बुद्ध होना उतना ही कठिन है
जितना कि सागर की लहरों को गिनना...

✤ ✤ ✤

धरती पर उतरता हुआ चाँद

आकाश के बीचो-बीच
चाँद का उतरता हुआ रंग
रक्तिम आभा से
परिणत हो जाता है
गहरे स्याह रंग में

झिलमिलाते हुए तारे
मद्धिम रोशनी में
अंतिम किरण की तरह
नहीं छोड़ना चाहते
आकाश का स्थाई कोना
गहराती हुई रात
तब्दील हो जाती है एक युग में

चाँद और तारों के ठीक नीचे
जागते हुए क़लमकार
बनाते हैं कल्पना की तूलिका से
बिम्बों का सहज छविचित्र

जैसे रात अपनी कालिमा में डूबकर
उतर आती है धरती पर
वैसे ही क़लमकार
गढ़ता है नए प्रतिमान
समय की बालुका पर चलकर

वह पहुँच जाता है
चाँद की सतह के ऊपर,

धरती पर उतरता हुआ चाँद
लेकर आता है
अपने साथ अनेक भाव
जिनमें डूबता-इतराता है
हमारा पूरा परिवेश...

✤ ✤ ✤

यात्राएँ

यात्राएँ
होती हैं जीवन पर्यंत
आना-जाना लगा
रहता है
फिर भी लोग—
ठहरकर नहीं देखते
शायद कोई इंतज़ार कर रहा हो
अप्रत्याशित आशाओं के बीच
जो हमारा होना चाहता है
इन यात्राओं की तरह...

❖ ❖ ❖

डूबता हुआ सूरज

दूर क्षितिज के उस पार
अपनी धुरी की
दिशा बदलता हुआ सूरज
छिप रहा है
पश्चिम दिशा रूपी आँचल में
वह समेट रहा अपनी
निश्तेज किरणों के जाल

दिशाओं में गुंजरित हो उठा
विदाई का गीत
पक्षियों ने समेट लिए अपने पंख
थाम लिया नदियों ने
जलधारा के तेज प्रवाह को
किसी यायावर की तरह
थका और निस्तेज सूरज
जैसे पा गया हो अपना
आख़िरी पड़ाव

दिशाएँ जैसे भूल गई हों
अपना रास्ता
आकाश निशब्द होकर
निहारता है अपलक
मानव जिजीविषा खो गई
अंतहीन आकाश के
किसी कोने में

कलरव रहित वातावरण
और रंगहीनता के विस्तार में
डूबता हुआ सूरज
क्षितिज पर
फिर से निकल आने का
संदेश देता हुआ
जा रहा अपनी
अनन्तिम यात्रा पर...

✤ ✤ ✤

नए दिन की गुंजाइशों में

सूरज की
पहली किरण के साथ
हो जाता है नया सवेरा
इसके साथ-साथ ही
बदल जाता है दिन और तारीख़

बीते हुए दिन
और उन तारीख़ों को
भूल जाना
आसान नहीं है
जिन्हें सहेजकर रखा है
डायरी के पन्नों में

पुराने हो चुके दिन और साल
बदस्तूर याद आते रहेंगे
किसी के लिए अच्छे
और किसी के लिए
बुरे अनुभव के रूप में

दूब की कोर पर
ढलक आई
पानी की बूँद की मानिंद
ढलक जाता है समय भी
दिन और महीनें

खिसक जाते हैं
यकबयक हम उनींदे से
देखते रह जाते है
समय की रफ्तार
बदल जाती पूरी की पूरी दुनिया
लेकिन नहीं बदलता
जीवन का प्रवाहमान चक्र

नए दिन की गुंजाइसों में
जीने की कला को
सहेजे हुए
सीखेंगे कुछ नया हुनर
निकलेंगे अपने-अपने
घरों के बाहर
नई उम्मीदों के पंख लगाकर
तराशेंगे अनगढ़ समय को...

❖ ❖ ❖

रच रहा हूँ अपना संसार

मन में सृजित होती हुईं
कुछ चीन्हीं
अनचीन्हीं स्मृतियाँ
जिनमें धूल की पर्त
जम गई है

जम गई है एक मोटी पर्त
स्मृतियों की गठरियों पर
जिसे झाड़ते-बुहारते
बरबस याद आता है
मुझे मेरा बचपन
खेलते हुए सड़क के
बीचो-बीच
उलीचते हुए धूल
जो जम गई है
समय के साथ-साथ
मेरे अपनेपन की
गहराइयों के बीच में

कटी हुई पतंग
काँच की गोल-गोल गोलियाँ,
लकड़ी का बना हुआ बैट
और गिल्ली डंडा
सहेजकर कर रखा हुआ है

स्मृतियों के
अंजान पृष्ठ पर...

मेरे आसपास
बनते मिटते हैं
बहुत सारे बिम्ब
वे दुकानें परचून की,
मिठाई की, पान की
और सब्जी की, प्रेस की
और वह संग्रहालय
जहाँ हम अपने साथियों के साथ
काटते थे गर्मी के भीषण दिन
करते थे मुहल्ले भर की
सूचनाओं का आदान-प्रदान
मुझे अब भी है स्मरण
कि किस कदर
साथियों के साथ मस्ती करते हुए
पूरे के पूरे कस्बे को
उठा लिया करते थे
अपने कंधों पर
एक बार नहीं
कई-कई बार मथ डालते थे—
अपने नगर के चौराहों
और गलियों को

आज जब भी
गुज़रता हूँ
यहाँ की आबोहवा से
सिहरन सी उठती है
जैसे कि
सब कुछ ख़त्म हो चुकी

दुनिया के बाद
चलता रहता है जीवन
और मैं फिर से मैं
पक्षी के बिखरे हुए
नींड़ की मानिंद
रच रहा हूँ अपना संसार...

❖ ❖ ❖

स्याह पन्ने

यात्रा में बैठे हुए
निहारता हूँ जब
पेड़ की नाचती शिखाएँ
घूमती हुई दिखाई है
पूरी धरती
एक क्षण के लिए
उतर जाता हूँ
अंतस की गहराइयों में

पीछे छूटते जाते हैं लोग
आगे चलती जाती है मंज़िल
खो जाते हैं
ज़िंदगी के स्याह पन्ने
अदृश्य मन के किसी कोने में
बनते मिटते हैं
अनन्त बिम्ब

फ्लैशबैक शैली की मानिंद
उभर आतीं विस्मृत स्मृतियाँ
और धीरे-धीरे
तैरने लगती है
अंतस्तल में
जीवन की धुँधली तस्वीर ...

संवेदना के सूखते दरख़्त

ग्लोबल होती हुई दुनिया के
महानगरीय बोध की चकाचौंध में
आँखों पर बँधी हुई पट्टी
जो नहीं देखती
टूटते हुए घरौंदें का दर्द

वह नहीं देखती
मानवीय संवेदना के सूखते हुए दरख़्त
और खो रहे विश्वास के बीच
टूट रहा है आज अपना परिवेश

उत्तरआधुनिकता की
लपेटे हुए चादर
आज का समय
धीरे-धीरे बढ़ रहा
पाश्चात्य सभ्यता के ओवरब्रिज से
जो निकल जाना चाहता है बहुत आगे

समय की गति
अपनी धुरी से फिसलकर
बढ़ रही एक ऐसी दुनिया की तरफ़
जहाँ दिन-ब-दिन
दम तोड़ रही है
संवेदना की बहती हुई नदी...

❖ ❖ ❖

एकांत भाषा के शब्द

अनेक सहयात्रियों के साथ
अकेलेपन को ओढ़े हुए
एकांत की भाषा
पिक्चर की रील की मानिंद
यकबयक खुलती जाती है,
अनेकानेक भाव
होने लगते हैं आयातित
एकांत भाषा के शब्द
गढ़ने लगते हैं नए भावबोध

अभिव्यक्ति
तानाबाना बुनते हुए
अंकित करती है
समय की प्राचीर पर
एकांत की भाषा के खुरदरे शब्द,
ऊबड़खाबड़
रास्तों से निकलते हुए
खुलती जाती हैं
स्मृतियों की गठरियाँ
यात्रा के अनेक पड़ावों के बीच
चलती रहती है यात्रा...

✤ ✤ ✤

तुम बन सको तो

तुम बन सको तो पहाड़ बनना
और निहारना अपने उत्तुंग शिखरों से
स्याह होते अपने इर्द-गिर्द
स्खलित हो रहे समय को

तुम बन सको तो पेड़ बनना
और महसूस करना अपनी डालियों से
आज के सूखते हुए परिवेश की
नष्ट होती हुई उर्वरता

तुम बन सको तो चिड़िया बनना
और देखना आकाश की अनंत ऊँचाई से
ख़त्म होती हुई जिजीविषा के साथ
हाशिए पर सिसकता जीवन

तुम बन सको तो नदी बनना
और ढूँढना अपनी अथाह गहराई में
खोई हुई असंख्य सीपियों के साथ
किनारे पर व्याकुल हो रही मछलियाँ

तुम बन सको तो एक कवि बनना
और लिखना अपनी लेखनी से

शब्दों पर उगी हुई सघन पीड़ा
और कविता में बिखरे हुए अनकहे भाव

कि अब धरती की अधिकांश पीड़ाएँ
अंकित हो रही हैं संवेदना के शब्दों में।

❖ ❖ ❖

शब्दों की दुनिया

कविता के शब्द
अब कल्पनालोक में नहीं विचरते
वे जीवन के गहरी उदासियों की
महागाथा में संचरण कर
उगलते हैं रोशनाई की नई इबारत

कविता के बिम्ब
अपने स्याहपन को छोड़कर
सीधे सीधे पैठ जाना चाहते हैं
लोक की अन्तश्चेतना में

भाषा छोड़ रही है
अपनी परंपरागत प्रतीक योजना
वह कविता के साथ
नए भावबोध में व्यंजित हो रही है

कविता में गढ़े हुए प्रतिमान
तेज़ी से बिखर रहे हैं

अँधेरे में शब्दों की दुनिया
अपने अर्थ खो रही है
वह बदल रही है अपना परिवेश
कृत्रिम भावों का मुलम्मा फीका पड़ चुका है

भावों पर खतरे को महसूसते हुए
अँधेरे में डूबी हुई शब्दों की दुनिया
बढ़ जाना चाहती है
अपने उजले पक्ष की ओर

कि कविता अब मुस्कुराते हुए
अपने नए शिल्प में
मुकम्मल होने का इंतज़ार कर रही है।

❖ ❖ ❖

माँ : पयस्विनी नदी है

संवेदना का उत्स
जहाँ से निकलकर
परिणत हो जाता है
पयस्विनी नदी में
वह स्रोत
ममत्व की धारा के साथ
निसृत होता है माँ के अंक में

वह अनकही पीड़ा को
सहेजकर रखती है
हृदय-सागर की
अथाह गहराईयों में

जीवन की
एक पूरी यात्रा की तरह
वह साक्षी बनकर सींचती रहती है
अपनी वंश डालियाँ

युगों की परिभाषा से मुक्त
स्नेह और ममत्व से पूर्ण
अविचल हिमालय की
ऊँचाई से कहीं ऊपर

वह प्रवाहित रहती है
हमारी धमनियों में
माँ, पयस्विनी नदी है
जो जीवन-धारा बनकर
बह रही है हमारे साथ-साथ...

❖ ❖ ❖

कवि का रिक्त स्थान

एक कवि का जाना
जैसे एक युग का अस्त होना
सूरज की किरणों की तरह,
फैलती है
उसकी कविता की परिधि
अर्थ-संवेदना डूबती इतराती है
कविता की अंतश्चेतना में

भावसंपृक्ति के अलिखित दस्तावेज़
रखे रह जाते हैं
दिमाग की नसें भी दे जाती हैं जवाब
खुली आँखों से
कवि देखता है संसार
और एक दिन उड़ जाता है
पक्षी की तरह अपने घरौंदे से
सब कुछ छोड़कर

अपनी कविताओं में
वह ज़िंदा रहता है ताउम्र
कवि जो बुनता है
अपना रचना संसार
उसके ही इर्द-गिर्द ही
हम ढूँढते हैं
साहित्य में कवि का रिक्त स्थान...

❖ ❖ ❖

लोक परंपराएँ

लोक परंपराएँ
पैठ जाती हैं गहरे तक
समाज में
चली आती हुई परंपरा और रीति-रिवाज
नहीं मिटते आसानी से
लोक में जीवित रहते हैं वे
किसी न किसी कहानी के रूप में

चलती रहती हैं पात्रों की
एक उपेक्षित श्रृंखला
पौराणिक या ऐतिहासिक
संसार पटल पर हो जाते हैं अमर
जैसे कोई नायक
पा जाता है अमरता का पद
उसी तरह लोक में
अमर हो जाते हैं कुछ अविजित नायक
चलता रहता है उनका नाम
कुछ बदले हुए नाम के साथ

लोक परम्पराओं के
नहीं होते एतिहासिक दस्तावेज़
पीढ़ी दर पीढ़ी
समय के साथ-साथ
चलती हैं आख्यानों में उनकी दास्तान

सुने जाते हैं उनके गीत
गाई जाती हैं उनकी प्रशस्तियाँ
हर साल जीवित हो
उठते है लोक की चेतना में

लोक और उसकी परंपराएँ
जुड़ी रहती हैं
जन सामान्य के भावों से
हम कितना भी नकार लें
लेकिन लोक और उसकी परंपराएँ
रहेंगी जीवित
समाज के आख़िरी आदमी के
समाप्त होने तक...

❖ ❖ ❖

पानी की बूँदों का राग

दूर क्षितिज पर घिर रहे बादलों को
देखकर महसूसता हूँ
कि धरती बुझाती-सी दीखती है
अपनी अभिशप्त पीड़ा
मनुष्य, पशु-पक्षी, पेड़-पौधे, नदी और पहाड़
मनाते हुए उत्सव बादल की बूँदों का स्वागत करते हैं

प्रेमी युगल बादल से गिरी हुई बूँदों पर
उकेरते हैं प्रेम की अव्यक्त वर्णमाला
वे अपनी अनुभूतियों को विस्तार देकर
स्मृतियों की गुहा के उस पार
सहेज लेते हैं जन्मजन्मांतर तक

पानी की बूँदों का राग
बच्चों के लिए
उनके बचपन को लौटा लाता है
वे देर तक बूँदों के साथ करते हैं अठखेलियाँ
बूँदों पर कूद-कूदकर उसके राग से क़दमताल करते हुए
बूँदों के राग को बना देते हैं गतिमान

सूख रहीं फसलों के लिए
बादल की बूँदों का राग लेकर आता है नया जीवन
किसान की आँखों में कौंध जाती हैं उम्मीदें
जब बादल की बूँदों का राग घुलता है परिवेश में

कभी-कभी पानी की बूँदे बन जाती हैं बेहद खतरनाक
जब बाढ़ का पानी देहरी लाँघकर
घरों में कर जाता है प्रवेश
भयावह लगती हैं बारिश की बूँदें और उसका राग
ज़िंदगी की अनेक अभीप्साएँ
बह जाती हैं पानी के बूँदों के साथ

पानी की बूँदों का राग
कहीं प्रेम के असीमित पंख खोलता है
कहीं खेलने का असीमित स्पेस देता है
कहीं आशाओं के खेत पर फुहार बन स्वप्न संजोता है
और कहीं बहा ले जाता है
शेष जीवन की अधूरी ख़्वाहिशें

बिखरते हुए समय की दहलीज़ पर
बाढ़ की विभीषिका को भाँपते हुए
सतह पर उभर आई लकीरों के गाढ़ेपन के साथ
पानी की बूँदों का राग
अब पृथ्वी के गुरुत्वाकर्षण बल में समाहित होकर
विध्वंस की तरफ़ बढ़ रहा है लगातार...

❖ ❖ ❖

महानगर से लौटते हुए

देख रहा हूँ सफ़ेद रोशनी में नहाए महानगर को
आधी रात में जागरण करते हुए
सड़कें मौन धारण किए अनमनी-सी
उदासी का विहाग गुनगुना रही हैं
वहीं अब भी कहीं-कहीं
सुनाई दे रहा है जीवन का खटराग

कुछ मज़दूर ठेलगाड़ी हाथ से खींच रहे हैं
उनके हाथ में ठेल का हैंडल है
लेकिन मुंह में सुलगती हुई बीड़ी
उनकी दिनभर की थकान दूर कर रही है

फैक्ट्रियों से नाईट शिफ्ट से छूटे हुए मज़दूर
सड़कों पर पैदल चल रहे हैं
और कुछ साइकिल पर टिफिन बाँधे
जल्दी-जल्दी पायडल मारते हुए
अपने घरों की ओर जा रहे हैं

आधी रात में जब सो जाते हैं शहर के लोग
तब सड़कों के फुटपाथ पर अख़बार बिछाए
रिक्शे वाले गपशप में अभी भी मशगूल हैं
वे अपना अंगौछा सिरहाने टिकाए
सवारियों का इंतज़ार करते हैं
लेकिन रात में उनकी उम्मीदें बर्फ़ की तरह पिघल रही हैं

कुछ पुराने टेम्पो सेंट्रल स्टेशन की सवारियाँ
ढोते हुए ऊँघते से दिख रहे हैं
शहर का घंटाघर उनींदा सा शांत है
टिकटघर पर इक्का दुक्का लोग
ख़रीद रहे हैं अपने जाने का टिकट
रेलवे स्टेशन पर कहीं-कहीं
दिखाई देते हैं थके हारे यात्री
जो किसी ट्रेन के आने का इंतज़ार कर रहे हैं

मैं भी इन्हीं यात्रियों की तरह
निहारे जा रहा हूँ ट्रेन
कि तभी कुछ देर में ही प्लेटफार्म पर
वेंडर अपनी खाने की गाड़ियाँ दौड़ाने लगे
चाय बेचने वाला बूढ़ा एक हाथ में चाय की केतली लिए
गर्म चाय की आवाज़ लगा रहा है
ट्रेन वातावरण के माहौल को चीरती हुई
अपने नियत प्लेटफार्म पर खड़ी हो गई है

यात्रियों के साथ ट्रेन में सवार होकर
मैं अपनी बर्थ से
एकटक निहारता हूँ वह सभी दृश्य
जो ट्रेन के चलने के साथ अब छूट रहे हैं पीछे

बिम्बों के अनेक गुम्फन
अपनी ओर बरबस खींच रहे हैं
मैं अभी तक खटराग में उलझा हुआ
खिड़की से बाहर निहार रहा हूँ
महानगर की चहलक़दमी

गहराती हुई रात के एकांत में डूबा हुआ महानगर
क्या कभी सोता है हमारी तरह...

कांस और उसका फूलना

कांस के फूले हुए चटक सफ़ेद फूल
हमारी सांस्कृतिक विरासत को सहेजे
लहरा रहे हैं पगडंडियों के किनारे

उनके सफ़ेद गुल्म कर रहे हैं आकर्षित
जैसे ढँक रहे हो धरती को सफ़ेद चादरों से

साहित्य के सरस पृष्ठों पर अंकित है
उसकी मादकता की सुनहरी पंक्तियाँ
लहराती हुई कांस की कलगियाँ
इतिहास की एक लंबी परंपरा की वाहक हैं

कांस ऋतुओं की संधि वेला में
प्रकृति में घोलता है नया उल्लास
पूरी प्रकृति निहार रही हो जैसे
एक छोर पर वर्षा ऋतु का अवसान
और दूसरे छोर पर शिशिर का आगमन

कांस और उसका फूलना
केवल वर्षा के अवसान का प्रतीक नहीं है
बल्कि दो ऋतुओं का पारस्परिक मिलन है...

❖ ❖ ❖

उम्मीद के पहाड़

समय अपने सुनहरे पंख लगाकर
उड़ रहा है हमारे इर्द-गिर्द
मुट्ठी में फिसलती हुई बालू की मानिंद
वह जा रहा है हमारी पहुँच से बहुत दूर

आकाश में उड़ रहे पंक्षी
समय की पदचाप सुन रहे हैं
वे महसूस कर रहे हैं
धरती पर विस्तार लेता उदासी का परिवेश

नदी में तैर रही मछलियाँ
तरंगों की छिपी हलचल देख रही हैं
वे महसूस कर रही हैं
पानी में घुल रही विषैली दवाइयाँ

धरती पर उगे हुए पेड़
हवा के रुख को पहचान रहे हैं
वे महसूस कर रहे हैं
घिरे हुए ख़ुद को खतरनाक गैसों के आवरण में

अब उम्मीद के पहाड़
दरक रहे हैं बहुत तेज़ी से
और साथ ही साथ दरक रहा है
हमारे अंदर का खोया हुआ अपनापन...

❖ ❖ ❖

जब इंसान नहीं होंगे

गहरे अँधेरे अदृश्य पथों पर
असंख्य लोग चले जा रहे कतारबद्ध
विक्षिप्त मनोदशा से पीड़ित
जंग लग चुकी बुद्धि
जो हो चुकी है गिरवी,
विज्ञान और तर्क से दूर
बढ़ रहे लगातार
धर्मान्धता की ओर

वे नहीं चीन्ह पाते
इंसानियत का उजला रास्ता
भेडों की पंक्ति की मानिंद
चले जा रहे एकदम सीधे
रास्ते के अगल-बगल
नहीं देख पाते गहरी खाईयाँ
वे नहीं मानते इंसानियत
उनके लिए धर्म है सबसे ज़रूरी

वे आशाओं को धूमिल कर
शर्मसार कर रहे हैं इंसानियत
उन्हें नहीं जगा पा रहे हैं
उनके धर्म के पहरुआ

वे नेस्तनाबूद करने पर उतारू हैं
ख़ुदा की ख़ूबसूरत दुनिया

उनके लिए सवेरा नहीं होता
वे धर्मान्धिता को मानते हैं
अपने जीवन आख़िरी रास्ता

समझाना होगा उन्हें
कि उनकी पीढ़ियाँ बढ़ रही हैं
आगे...बहुत आगे
इस संक्रमण के मुहाने पर
धर्म की व्याख्याएँ हो रही हैं असंगत
अब पहचान लिया गया है
धर्म से पहले इंसान का होना ज़रूरी है

कि धर्म कैसे रहेगा सुरक्षित
जब इंसान ही नहीं होंगे धरती पर...

(लॉक डाउन में ईश्वर)

✤ ✤ ✤

गाँव अब भी संभावना है

सभ्यता के पुराख्यान का एक पूरा ग्रन्थ
गाँवों ने रचना नहीं भूला है
सदियों के बाद भी वहाँ खड़े हुए हैं दरख़्त
फैली हुई हैं उनकी बड़ी-बड़ी शाखाएँ

गाँव के चबूतरों पर सुस्ताते हुए लोग
मिथकीय चरित को जीवित कर
एक नए बहस को जन्म देकर
विचरते हैं एक कल्पनालोक में

जहाँ दिवास्वप्न में खोए हुए
कुछ किसान खेतिहर लोक संवादों का
एक बड़ा पिटारा खोलकर
डूब जाते हैं गँवई रूप,शब्द और रस में

जैसे साँझ होने पर पक्षी लौटते हैं
अपने घोसलों की ओर
उसी तरह सैकड़ों मील चलकर आए हुए लोग
लौट आए हैं अपनी जड़ों की ओर

घर की स्त्रियाँ चूल्हे की मंद आँच पर
फिर सेकेंगी रोटियाँ
और पतेली पर चढ़ी दाल की खदबदाहट
सन्नाटे को चीरते हुए
फिर भूख की गहनता का कराएगी अहसास

गाँव के खुले आसमान में
खरखटी चारपाई पर
दिखेंगे वे फिर अधूरे सपने
जिन्हें पूरा करते हुए
खप गया है उनका पूरा जीवन

देर रात में टिमटिमाते तारों को देखकर
पलकों की कोर थोड़ी नम होकर
कराएगी अहसास
विस्थापन के अनकहे दर्द का

जैसे अपनी जगह से उखड़े हुए पेड़
फिर दूसरी जगह मिट्टी और पानी पाकर
हो जाते हैं लंबवत
ठीक उसी तरह गाँव को लौटे हुए लोग
खड़े होना सीख रहे हैं अपनी ज़मीन पर
अभी सब कुछ ख़त्म नहीं हुआ है उनके लिए
वे चल दिए हैं खेतों की ओर
हाथ में खुरपी, फावड़ा और कुदाल लेकर
अब कत्तई इंकार नहीं किया जा सकता
कि वे तलाश ही लेंगे अपनी भूख के लिए ईंधन

शहरों से बेदखल हुए लोगों के लिए
गाँव अब भी संभावना है।

(कोरोना—लॉकडाउन में विस्थापित हुए प्रवासी)

❖ ❖ ❖

नदियाँ लौट रही हैं

चारों दिशाओं में फैला हुआ आकाश
नीले रंग को विस्तार-सा दे रहा
पहले से कुछ अधिक साफ़ हो चला है

धरती पर उतरती हुई
सूरज की किरणें
पहले से कुछ अधिक रक्तिम हैं

चाँद का धूसर गोल बिम्ब
कुछ साफ़-साफ़ दिखता है
और उसकी रजत रश्मियाँ
हो गई हैं कुछ अधिक चमकदार

फूलों की महक
कुछ अधिक कर रही है
वातावरण को ख़ुशनुमा
धुंध को चीरती हुई हवा
बह रही है कुछ अधिक शीतलता लिए

पक्षी उड़ान भर रहे हैं
बादलों की ऊँचाईयों पर
उनकी चहचाहट कुछ अधिक बढ़ गई है
वे चौखट पर बेखौफ चुग रहे हैं दाने

दशकों बाद स्रोत के मुहाने रिस रहे हैं
नदियाँ लौट रहीं हैं अपनी धारा साथ
लहरें कुछ अधिक नर्तन कर रही हैं

खतरनाक हो चुका जल प्रदूषण
खतरे से कुछ अधिक नीचे है
पानी का रंग कुछ उजला-सा
समय की कालिमा को धुल रहा है

मिट्टी कुछ अधिक सोंधापन लिए
बिछा रही है हरीतिमा-दरी
दूब की कोर पर
ढलक आई ओस की बून्द
अपने सौंदर्य को सहेजे लौट रही है
अतीत के विस्मृत पृष्ठों पर
वह उकेरना चाहती है फिर से
मनुष्य के हृदय में अपनी अमिट छाप

प्रकृति अतीत के झरोखों से उतरकर
सँवार रही है अपना वर्तमान
जिससे कि वह बचा सके
अपने भविष्य की पीढ़ी का शुक्ल पक्ष...

(कोरोना—लॉकडाउन के दौरान बदलती हुई प्रकृति)

✤ ✤ ✤

दुनिया लौट आएगी

निःशब्दता के क्षणों ने
डुबा दिया है महादेश को
एक गहरी आशंका में

जहाँ वीरान हो चुकी सड़कों पर
सन्नाटा बुन रहा है एक भयावह परिवेश
एक अदृश्य शत्रु ने
पसार दिए हैं अपने खूनी पंजे

सिहर उठी है संवेदना
ठिठक गई हैं अभिव्यक्तियाँ
शब्दों ने जैसे अपना लिया है मौन
भावनाएँ जैसे जम गई हैं
हृदय के किसी कोने में बर्फ़ के मानिंद

संक्रमण के ख़तरनाक दौर में
जहाँ सुरक्षित नहीं हैं हम
लेकिन भविष्य की पीढ़ी को
सुरक्षित देखना चाहती हैं
हमारी आशान्वित आँखें

हमारे भविष्य की आँखें
टकटकी लगाए देख रही हैं
आशाओं के अथाह समुद्र में
उनकी स्पंदित साँसों के साथ
अब समय ठहर गया है

और ठहर गई है मनुष्यों की रफ़्तार
दुनिया धीरे-धीरे
तब्दील हो रही है
एक अव्यक्त भय में

कि दुनिया लौट आएगी
जल्द अपने रास्ते पर
अभी हवाओं में कुछ ज़हर ज़्यादा है...

(कोरोना—संक्रमण के दौरान लिखी गई कविता)

✤ ✤ ✤